Louis Desmarais

# Tommy Laventurier

•ÉDITIONS DE LA PAIX•

Louis Desmarais

# Tommy Laventurier

Illustrations Olivier Rivard

•ÉDITIONS DE LA PAIX•
Pour la beauté des mots et des différences

© Éditions de la Paix 1997

Dépôt légal  4ᵉ trimestre 1997
Bibliothèque nationale du Québec
Bibliothèque nationale du Canada

Imprimé au Canada

Direction de la collection  Steve Fortier
Couverture et illustrations  Olivier Rivard
Montage  Bruno Marcoux
Révision  Jacques Archambault

Éditions de la Paix
125, rue Lussier
Saint-Alphonse-de-Granby
(Québec) J0E 2A0
Téléphone et télécopieur  **(514) 375-4765**
Site web  **www.netgraphe.qc.ca/editpaix**
Courriel  **editpaix@total.net**


**Données de catalogage avant publication (Canada)**

Desmarais, Louis, 1961-

　　Tommy Laventurier

　　Comprend un index,
　　Pour les jeunes de 9 à 12 ans

　　ISBN 2-921255-47-2

　　I. Titre.

PS8557.E85T65 1997　　　　jc843'.54　　　C97-940656-0
PS9557.E85T65 1997
PZ23.D47To 1997

## DU MÊME AUTEUR
## AUX ÉDITIONS DE LA PAIX

*Le Bateau hanté*, illustrations de Nathalie Gagnon

*Indiana Tommy*, illustrations de Olivier Rivard

*L'Étrange Amie de Julie*, illustrations de Luc Alain

Avec la collaboration
de la SODEC

**Olivier Rivard** est encore très jeune et s'intéresse à toutes les formes d'art : le cinéma, la musique, la photo, le graphisme et, bien entendu, le dessin. Lorsqu'il est de bonne humeur, ses œuvres humoristiques éclatent en couleurs. Son trait est précis et ses personnages attirent la sympathie. Mais lorsqu'il est de mauvaise humeur, ses œuvres, plus graves, prennent l'allure de photos, de collages et de montages. Attention, il ne faut surtout pas le mettre en colère, car vous pourriez faire partie de ses œuvres, et ce ne serait pas à votre avantage.

*Un super gros merci à mes deux filles, Julie et Mélodie, qui m'ont supplié de continuer à écrire alors que j'avais décidé de tout lâcher.*

**L.D.**

## DESTINATION MAMAN

Attention, Paris !

J'arrive avec mes dix ans et mes deux grosses valises.

Maman m'attend, là-bas.

Je ne la vois presque jamais lorsque je vais à l'école. Elle est tout le temps partie. Alors, pendant les vacances d'été, je ne la lâche pas. Ce n'est pas que je n'aime pas mes grands-parents chez qui j'habite presque toute l'année. Mais une maman, c'est une maman, c'est pas pareil.

Les étés sont super *cool* avec elle parce que nous voyageons tout le temps. C'est à cause de son travail : ma maman est une «nettoyeuse de pollution». Je trouve que c'est un très beau métier et comme il y a de la pollution partout, eh bien, elle va partout... Et moi aussi !

L'été passé, c'était la première fois qu'elle me traînait avec elle sans arrêt. Nous avons visité un tas de pays, mais nous n'étions pas seuls : il y avait aussi Hector.

C'était un vieux monsieur qui ne souriait jamais et qui était toujours de mauvaise humeur. Il avait été engagé pour me tenir compagnie... Tout un compagnon !

Je vous jure que je m'ennuyais de ma mère, par moment. Je ne pouvais jamais faire ce que je voulais. Je m'arrangeais tout de même pour sortir un peu, mais il me retrouvait toujours, ce vieux grognon !

Cet été, je suis certain que ce sera mieux. Maman m'a dit que j'aurais un nouveau surveillant. Il paraît qu'Hector a trouvé l'été bien long, l'an passé. J'espère juste que celui-ci n'aura pas l'air aussi bête que l'autre. Je crois que c'est impossible, ça. Hector doit être le roi des grincheux !

Dans le fond, je ne sais même pas pourquoi j'ai besoin d'un accompagnateur parce que ma grand-mère me dit toujours que je suis plus sage que ne l'était Katou... C'est le nom spécial de ma mère qui s'appelle Katherine pour vrai.

Vous devez vous demander où est mon papa. Maman dit qu'il est au ciel avec les anges. Il est mort avant même que je ne vienne au monde. C'est triste, mais c'est comme ça et personne n'y peut rien non plus.

Je m'y suis fait. Remarquez que maman serait peut-être moins *tannante* s'il était encore là. Mais j'y pense, si maman est si *tannante*, peut-être que c'est pour elle, le surveillant?

C'est une chose à laquelle je n'avais pas songé. Je vais le lui demander en arrivant à l'aéroport. En attendant, j'ai une autre petite urgence.

— Pardon, madame, il faut encore que j'aille au petit coin.

— Es-tu malade, mon garçon? me répond-elle, sans me laisser le moindre espace pour passer.

— Mais non, madame. J'ai juste envie... Comme toutes les autres fois.

Je commence à avoir hâte qu'elle me laisse y aller, parce que je me sens devenir jaune.

— Es-tu certain que tes parents sont au courant de ta présence dans cet avion?

Encore cette question?

Ça doit bien faire mille fois qu'elle me la pose. Je suis sûr qu'elle doit croire que je me suis enfui de la maison.

Figurez-vous: un Québécois de dix ans qui fait une fugue en France à bord d'un avion de ligne... Je vous jure qu'il y en a qui pensent avec leur gros orteil!

— Oui, madame, ma mère sait très bien que je suis ici.

Elle doit avoir les oreilles sales parce que ça doit faire la millionième fois que je le lui répète.

Enfin, elle recule. Je cours comme un fou vers les toilettes.

## BOISSONS VOLANTES

Une hôtesse tenant un grand plateau se penche pour servir un monsieur. J'ai juste assez d'espace pour passer. Elle recule pour servir l'autre rangée.

— Attention !

Je me baisse et frôle l'hôtesse... mais je ne manque pas son plateau.

L'assiette géante s'envole avec tous ses verres pleins qui vont atterrir un peu partout dans la rangée du milieu. Je m'arrête pour constater les dégâts : un monsieur en a reçu un en pleine figure, un autre en a trois ou quatre sur les genoux, une grosse dame en a un qui se tient en équilibre sur son affreux chapeau, mais à l'envers, et tout le jus coule sur sa figure.

— Oups...

J'aimerais bien dire à tous ces gens que je suis désolé. Le seul problème est que si je m'arrête, je vais faire un dégât dans mes culottes.

Ça ne va qu'être pire...

Je continue donc ma course vers les toilettes. C'est pas possible comme voler en avion me donne envie. C'est drôle parce que c'est pareil pour ma mère. Lorsque nous sommes ensemble, il y a une toilette qui ne sert que pour nous deux. C'est à tour de rôle. Un y va tandis que l'autre revient. Je peux vous jurer que j'ai trouvé l'Australie bien loin, l'an passé !

Maintenant, il faut que je sorte... Et que je m'excuse !

— Les passagers sont priés de bien vouloir boucler leur ceinture. Nous atterrirons à l'aéroport d'Orly dans dix minutes, nous informe une dame par les haut-parleurs.

Il va falloir que je me dépêche, en plus!

Je retourne la tête basse vers le lieu de l'accident. En grand garçon responsable, je fais face aux passagers qui terminent leur nettoyage.

— Excusez-moi pour tout à l'heure... C'était un accident...

Tout d'un coup, il n'y a plus un son dans cette partie de l'avion. Des tas de personnes me dévisagent avec de gros yeux fâchés. Mais comme d'habitude, ils ne me disent pas un mot.

Par contre, j'imagine un peu ce qu'ils pensent!

Ouf... Une hôtesse vient me chercher pour me dire d'aller à ma place et de boucler ma ceinture. Je sens déjà l'avion descendre.

# PAUL

Me voici devant le douanier, le monsieur qui nous pose des tas de questions avant que l'on entre dans son pays et qui tamponne notre passeport, cette espèce de livre qui sert à collectionner les estampilles des pays visités. C'est à mon tour de passer devant le petit moustachu au regard sévère. Il m'examine un moment.

— Passeport, s'il vous plaît.

Je balance ma valise sur le comptoir, mais je l'ai lancée un peu trop fort et elle tombe de l'autre côté... Probablement sur les pieds du monsieur, à voir sa grimace.

— Oups... Excusez-moi.

Il dépose ma valise sur le comptoir. J'en sors le livret et le lui remets.

— Tommy Laventurier? me demande-t-il en levant les yeux vers moi.

— Présent!

Il tamponne mon passeport.

— Suivant!

Hé! c'est pas du jeu, ça.

— Vous ne me posez pas de questions? Ils m'en posent partout ailleurs.

Le monsieur bouge sa moustache.

— Avez-vous quelque chose à déclarer, jeune homme?

— Heu... non.

Il secoue la tête.

— Alors, pourquoi vouliez-vous que je vous interroge?

— Parce que... Sais pas !

— Suivant ! bougonne-t-il en me faisant signe de déguerpir.

Contrairement aux autres fois, mes bagages sortent les premiers. Un gros monsieur m'aide à les mettre sur le chariot. Je me dirige seul vers la sortie où je sais que maman m'attend. J'ai hâte de la voir. Ça doit bien faire un mois que je ne l'ai pas vue.

— Tommy, Tommy ! crie une femme parmi la foule qui attend les passagers.

Je reconnais aussitôt la voix de ma mère, mais je ne la vois presque pas. Elle est trop petite. J'aperçois sa tête blonde de temps en temps. Elle saute pour que je réussisse à la voir. Je crois qu'elle imite un kangourou pour se faire reconnaître. En tout cas, ça marche !

Elle écarte quelques personnes. Ma belle maman me prend dans ses bras et me serre fort. Je sais qu'elle m'aime, ma maman. On ne secoue pas quelqu'un comme ça dans ses bras sans l'aimer.

Elle n'est peut-être pas grande, mais elle est forte !

Maman me laisse respirer un peu avant de chercher autour d'elle.

— Où est Pierre, ton nouvel accompagnateur ?

Accompagnateur... c'est vrai. Ce n'est pas un surveillant qui me surveille, c'est un accompagnateur. Moi, j'ai tout le temps trouvé que le vieux Hector était un surveillant. Il ne m'a presque jamais accompagné nulle part.

— C'est moi qui remplace Pierre, annonce une grosse voix, derrière moi.

Ma mère est soudainement pétrifiée. Elle relève lentement la tête. Mon regard monte aussi vers un grand monsieur bien habillé, mais pas très propre. Je le reconnais, c'est celui qui avait un tas de verres sur les cuisses, dans l'avion. Sa belle chemise blanche est tachée de toutes sortes de couleurs. Malgré ça, il nous sourit... Pas maman !

— P... Paul ?

— En personne !

— Mais peux-tu me dire ce que tu fais ici ?

— Pierre a eu un petit accident, Katou... Le patron m'a envoyé à sa place.

— Le patron t'a envoyé en remplacement de... Tu veux dire que tu travailles maintenant pour nous ?

Il hausse les sourcils. Maman explose :

— Et ne m'appelle plus jamais Katou !

Mais que se passe-t-il ici? Maman a vraiment l'air fâchée. Pourtant, il a l'air gentil, ce monsieur... Pas mal plus que le vieux Hector, en tout cas.

— Je te jure, Kat... herine que je n'y suis pour rien, bien que je sois heureux de la tournure des événements.

Ma mère grogne. Je sens qu'elle va encore s'emporter... Parce qu'elle a tendance à se fâcher vite, ma maman. Au lieu de cela, elle tourne le dos au monsieur et pousse mon chariot à bagages vers l'extérieur de l'aérogare. Je suis maintenant seul avec le monsieur.

— Salut. Je m'appelle Paul.

Je me demande pourquoi maman ne l'aime pas, ce grand-là. Il m'a l'air super *cool*!

— Moi, c'est Tommy.

Nous échangeons une poignée de main tout en marchant... Enfin, lui. Moi, je cours presque. Les adultes ne pensent jamais aux courtes jambes de leurs enfants lorsqu'ils sont pressés. Nous prenons un taxi. Pendant tout le voyage, maman ne dit pas un mot à mon nouvel accompagnateur. Elle fait comme s'il n'existait pas. Ce n'est pas tellement gentil. Corrigeons la situation.

— Est-ce que vous accompagnez souvent des enfants, comme moi ?

— Non. C'est la première fois.

— Fort probablement, la dernière... ajoute ma mère, en murmurant.

J'en ai assez. Maman n'a pas le droit de le traiter comme ça.

— Pourquoi est-ce que tu ne l'aimes pas ?

Elle semble surprise au max. Ses grands yeux bleus m'interrogent comme si elle ne comprenait pas ma question. Elle se retourne et dévisage le grand :

— Paul?

Il lève ses mains grosses comme ma tête.

— Je n'ai rien dit… Absolument rien!
répond-il avec un large sourire.

Qu'est-ce qu'il n'a pas dit?

Et à qui est-ce qu'il ne l'a pas dit?

Moi non plus, je ne comprends absolument rien à ce qui se passe ici.

— Qu'y a-t-il, maman?

— Il y a que Paul va nous quitter. Il a dû y
avoir une erreur quelque part.

Paul lève les yeux au plafond. Il soupire en
faisant non de la tête. Nous arrivons à l'hôtel
où maman est descendue. Elle s'empare de
mes deux grosses valises. Paul voudrait bien
l'aider, mais elle ne veut pas. À l'intérieur

du chic hôtel, maman pointe la porte du restaurant.

—Je vais redescendre dans dix minutes. Commande-toi une glace, Tommy. Elle est excellente, ici, dit-elle avant de prendre l'ascenseur en tirant Paul par le bras et en poussant mes valises à roulettes avec son pied.

Je crois qu'elle travaille trop, ma maman. Elle n'est pas dans son état normal, en tout cas.

# LA BATAILLE DES MOTS

Je vais m'asseoir à une grande table. Un serveur s'approche.

— Vous désirez?

— Il paraît que vous préparez de bons cornets de crème glacée.

C'est pas possible de sourire comme ça. Je suis certain que lorsqu'il est vraiment content, ses lèvres doivent lui aller d'une oreille à l'autre.

— Une saveur, en particulier?

— Chocolat.

— Lequel?

— Il y a plusieurs sortes de chocolat?

Il prend un drôle d'air.

—Tu parles bien le français pour un Américain.

—Je ne suis pas Américain, je suis Canadien... Québécois.

—Ah... je comprends. Je vais t'apporter notre meilleure glace. Ce sera un délice comme tu n'en as jamais goûté.

Au fond du restaurant, se tient un jeune de mon âge qui parle avec son père. Je me demande de quoi on pourrait bien causer, mon papa et moi, en vacances...J'aime autant ne pas y penser.

Le monsieur arrive avec un bol rempli d'un genre de goudron qui sent terriblement fort le chocolat.

—Ça, c'est du véritable chocolat. Pas une imitation.

Il me regarde de haut en voulant me faire croire qu'il connaît ça, le chocolat... Il ne sait pas à qui il s'adresse : je suis le roi des mangeurs de chocolat. J'en mange des tonnes chez grand-mère. Le monsieur m'observe prendre ma première bouchée.

— Super... mais pas assez sucré.

— Le chocolat noir est amer, jeune homme.

En effet, ça goûte la mer...

— Je l'aime plus sucré, moi.

— Moi aussi, nous surprend Paul, arrivé sans qu'on l'entende.

Tiens, il a changé de chemise... Ma mère est juste derrière. Elle s'assoit à côté de moi.

— Paul va s'en retourner, chéri.

— Pourquoi ?

— Parce que Hector a bien voulu revenir avec nous. Il va être ici dans deux heures et...

— Ahhh non ! Je ne veux pas de ce vieux dromadaire !

— Il est trop tard, Tommy...

Un peu de chantage a toujours aidé à vaincre ma mère.

— Si c'est comme ça, je rentre à la maison.

Elle tombe presque en bas de sa chaise. Ses grands yeux clignent sans arrêt. Il ne faut pas que je lui laisse le temps de réfléchir parce qu'elle a toujours réponse à tout, ma maman.

— C'est lui que je veux ! Je ne veux pas de cette espèce de directeur d'école manqué !

Je suis certain qu'elle ne m'a même pas entendu. Elle devait penser.

C'est pas bon signe, ça...

— Je suis désolée, Tommy, mais c'est Hector ou pas du tout.

Ouhhh... La réponse était nette. J'ai le choix : si je demeure avec maman, je dois supporter Hector pendant tout ce temps, tandis que si je retourne chez grand-mère, je ne verrai pas plus maman que d'habitude... Ça, elle ne le veut certainement pas plus que moi.

Essayons une autre tactique :

— Retournes-tu à Montréal, Paul ?

— On dirait bien...

— Alors, je rentre avec toi !

Maman prend une grande respiration. J'ai marqué un point, cette fois. Je vais rejoindre le grand de l'autre côté de la table.

— Tu n'es tout de même pas sérieux, Tommy. Tu viens tout juste d'arriver!

— Et je viens tout juste de décider de repartir!

À voir la tête de maman, je viens de marquer un autre point. J'espère juste que cette partie de mots ne durera pas trop longtemps... Grand-mère aurait certainement abandonné depuis longtemps!

Minute... Maman se passe la main dans le visage. Elle prend une autre grande respiration.

Ça y est. J'en suis sûr. J'ai gagné!

Son expression de pitou piteux ne peut pas mentir. Elle prend son temps pour ne pas m'avouer qu'elle a perdu la bataille des mots.

— C'est d'accord. Nous allons essayer Paul pour un moment... La journée, disons. Mais s'il se passe quoi que ce soit qui n'est pas à mon goût, c'est Hector! Compris, tous les deux?

— Oui, maman!

— Oui, maman! répète Paul, ce qui ne plaît pas du tout à ma mère qui le fixe d'un air sévère.

Elle vérifie sa montre tandis que je retourne m'asseoir à côté d'elle.

— Zut! Il faut que je retourne à la réunion. Je vous avertis tous les deux : pas de bêtises! termine-t-elle en nous pointant du doigt, ce qui n'est pas très poli, en passant, mais habituel dans son cas.

— Tu t'en vas déjà? J'arrive!

— J'avais prévu finir hier soir, chéri. Il était trop tard pour changer ton vol, mais ce soir, je vais avoir terminé ma présentation et nous pourrons passer un long moment ensemble... SEULS, TOUS LES DEUX! termine-t-elle en avertissant mon nouvel accompagnateur du doigt.

Elle me donne une bise avant de nous quitter. Paul me vole aussitôt une grande bouchée de ma crème glacée.

— Ouache... Pas assez sucrée!

— Hé! c'est en plein ce que je me disais.

Il sourit. À vrai dire, il sourit tout le temps, ce grand-là.

— C'était une superbe bataille que tu as livrée, là, Tommy. Mes félicitations!

— Merci, mais ça n'a pas été facile, tu sais. Maman est très forte à ce jeu-là, elle aussi.

—Je sais... murmure-t-il en levant les yeux vers le plafond, l'air découragé.

— Comment ça, tu sais?

Je l'ai pris par surprise. C'est officiel: il connaît bien maman, sinon elle n'aurait pas réagi comme ça lorsqu'elle l'a vu, à l'aéroport.

— Et si nous allions faire un tour? Veux-tu monter en haut de la tour Eiffel?

—J'y suis allé l'an passé.

— Tu as donc été voir les Champs-Élysées.

— De loin. Hector trouvait qu'il y avait trop de monde.

— Katou m'a parlé de musées... As-tu été au Louvre?

— Le Louvre? C'est quoi, ça?

— Un gigantesque musée rempli de belles choses... Des toiles de toute beauté.

— C'est drôle ?

— Probablement pas, mais si tu veux que je reste avec toi, il va falloir montrer à ta mère qu'on pense à autre chose qu'à s'amuser, tous les deux... Enfin, le temps qu'elle décide de me garder. Mais après...

Il hausse les sourcils par deux fois. J'ai tout compris... Et j'adore ce grand-là !

À vrai dire, c'est en plein le genre de père que j'aurais aimé avoir : une grande personne qui pense toujours à s'amuser. Il n'y a qu'une réponse possible :

— On y va ?

Mais en me levant, j'accroche la coupe de crème glacée avec mon coude.

— Oups...

Il enlève ma collation collée à sa chemise.

— Je vais me changer avant, répond-il en se léchant les doigts.

# LE MUSÉE DU LOUVRE

Après avoir mangé, nous prenons un taxi qui s'arrête devant une vieille bâtisse.

Quelle randonnée!

On se serait cru sur une piste de course tant le chauffeur roulait vite. Il dépassait à gauche, à droite, klaxonnait par-ci, par-là... Les pneus se lamentaient chaque fois qu'on freinait. Une fois même, j'ai été certain qu'il allait passer sur le trottoir pour éviter un embouteillage. Les gens qui marchaient dans les rues devaient le connaître parce qu'ils avaient tous l'air d'avoir peur lorsqu'ils nous apercevaient. Je vous jure que je dormirais beaucoup moins souvent en voiture si grand-père conduisait comme ça!

Paul m'entraîne vers la grande pyramide de verre qui se pointe au centre des grands murs en pierre percés de fenêtres.

C'est super beau !

À l'intérieur de la pyramide, il y a des magasins, des kiosques... Et beaucoup de monde.

On se faufile jusqu'à un passage qui mène à une salle dont les murs sont tapissés de photos et de plans de l'endroit où nous sommes. Une belle dame nous explique qu'avant, c'était la maison des rois de France et comment elle a changé avec les siècles, les guerres... Je vous jure que le premier propriétaire ne reconnaîtrait pas son petit château !

Nous entrons dans le musée. Oups... Je crois qu'on s'est trompé d'escalier quelque part.

— Dis, Paul, t'es certain qu'on est au bon endroit ?

— Oui. Pourquoi ?

— Parce que toutes les statues ont quelque chose de cassé... Ce doit être un débarras ou quelque chose du genre.

— Non, Tommy, m'assure-t-il en éclatant de rire. C'est parce que ces objets d'art sont très vieux. Regarde cette gravure : elle a plus de quatre mille ans !

J'observe la grosse pierre représentant des tas de personnes qui montent une montagne. Franchement ! Je ne sais pas ce qu'il trouve de beau là-dedans. La moitié de ma classe serait capable de faire mieux que ça.

Nous marchons lentement. Paul pointe sans arrêt des pièces ou me soulève pour que je puisse contempler le contenu des vitrines.

Ho ! Vous devriez voir les espèces de bestioles ailées avec des têtes de bonhomme barbu et là, sur le mur opposé, un lion qui marche. Celui-là, il est beau et pas à peu près !

Paul s'est arrêté devant les deux bestioles. Il les contemple avec la tête de travers. Il me fait signe :

— Trouve l'erreur.

— Ben... Je ne trouve pas ça bien normal qu'une vache ait des ailes et une tête de vieux pépé.

— Compte les pattes !

Un, deux, trois, quatre... cinq ?

— On ne savait pas compter, dans ce temps-là ?

Le grand éclate de rire. Nous changeons de salle.

# DES MOMIES...

Je crois que nous sommes maintenant dans le coin des affaires égyptiennes parce qu'il y a là des tas de cercueils, des chats à tête d'homme, des bonshommes à tête de chats ou d'autres animaux et... des momies !

Beurk !

Je passe vite. Ce n'est pas que je suis peureux, mais...

Paul traîne derrière.

— Plus vite, Paul !

Il faut que je l'appelle par trois fois avant qu'il me rejoigne. Nous voici devant un chat en pierre rose qui est gros comme la vieille auto de grand-père. Il a, lui aussi, une tête d'homme, et il est tout abîmé.

Une pancarte nous apprend que la statue s'appelle un sphinx. Une chance que Paul était là... Pas facile à lire, ce mot-là.

Même tout cassé, c'est super beau. Je me demande...

—Est-ce que je pourrais monter dessus, Paul?

Son regard vagabonde de gauche à droite.

—Non... Il y a trop de monde.

Ça veut dire qu'il aurait voulu si on avait été seuls?

*Cool*!

J'ai hâte que le monde s'en aille. Le seul problème, c'est que lorsque ceux qui sont près de nous s'en vont, d'autres arrivent... On n'aura jamais la paix.

J'en ai assez d'attendre. Je continue vers de petites salles pleines de statues plus belles que celles de l'autre côté. Celle-là est extraordinaire.

— Paul, viens voir ça! Mon accompagnateur stoppe en face d'une statue qui représente un bonhomme assis avec une jupe. Regarde. On dirait un vrai.

— C'est un vrai! Il dort les yeux ouverts. Il paraît qu'il se réveille quand on parle trop fort... Comme la momie que tu as réveillée, tout à l'heure.

Hein?

J'ai réveillé une momie?

Je suis nerveux, tout à coup. Je cherche.

— Où est-ce qu'elle est?

— Il faut dire « Où est-elle ? » Tommy... Elle s'est recouchée.

Pour qui me prend-il ?

— Menteur !

— Peut-être que oui... Peut-être que non.

— Il ne faut pas rire avec les momies.

J'aime pas les momies. J'ai déjà vu un film dans lequel les momies étaient très méchantes quand on les réveillait.

— Désolé, s'excuse-t-il tandis qu'il dépose sa grande main sur ma tête et la secoue un peu, avant de continuer vers l'étage.

Juste en haut des marches, une autre statue toute cassée. Plus loin, encore des statues, encore des vitrines... Ça commence à être monotone !

Paul me montre une petite statue toute bleue derrière une vitre. Elle a quelque chose de spécial : un genre de casque de hockey sur la tête.

Bizarre...

# LA STATUE AUX BRAS CASSÉS

J'avance prudemment. Je ne suis plus certain si Paul blaguait ou non à propos de la momie. Tout juste derrière moi, il me semble avoir vu une statue qui bougeait et qui...

— Attention ! s'écrie Paul.

Je bascule par-dessus une rampe. Mes pieds vont cogner contre quelque chose de gros... Quelque chose de gros qui tombe !

J'essaie d'empêcher la grande statue en bois de s'écraser au sol, mais elle est trop loin de moi. Paul court dans ma direction et réussit à l'attraper par le panier qu'elle a sur la tête, en effectuant une belle glissade sur les genoux pour éviter la rampe.

Boum !

— Oups !

— Oh non ! se plaint le grand en levant la tête vers moi.

Dans chaque main, il a un des bras de la statue avec les vases qu'elle tenait sur sa tête. Je m'empresse d'aller relever la statue. Près de nous, passent maintenant deux jeunes de mon âge qui nous épient sans nous aider.

— Non !

J'ai relevé la statue trop vite et elle bascule de l'autre côté où sont les garçons qui s'éloignent juste à temps. Paul a l'air découragé. Il vient m'aider en tenant toujours ses morceaux dans chaque main.

— Remonte-la vers moi. Je vais l'arrêter.

J'obéis.

— Aïe !

— Oups...

Paul a stoppé le nez de la statue... avec le sien. Je ne crois pas qu'il voulait faire ça de cette façon. Les jeunes applaudissent. Mon accompagnateur leur fait signe de se taire avant de remettre les morceaux à leur place. Ils tiennent tout seuls.

— J'en reviens pas. Elle est pareille comme avant !

— «Comme avant», Tommy. On ne dit pas pareille comme avant, voyons.

Si tu veux...

— Que faites-vous là? tonne un monsieur en uniforme, pas grand, mais au visage très sévère.

— Nous ne faisions que regarder les détails de plus près, monsieur, ment mon grand copain en m'amenant près de lui.

— Ils ont cassé la statue, nous trahit un des garçons.

Le garde fronce encore plus ses sourcils. Paul demeure calme.

— Est-ce que cette statue semble brisée?

Le garde enjambe la rampe et touche à peine la statue qui perd de nouveau ses bras. Le monsieur tente de les attraper, mais il glisse et s'écrase le dos sur la rampe qui se détache du mur en arrachant les rideaux des hautes fenêtres. Ils accrochent au passage le petit bateau et les boules de pierres entassées dessous près du kiosque d'à-côté. Les boules roulent vers un groupe de jeunes qui s'amenait, les faisant tous tomber comme des quilles. Le guide de ce groupe chute contre un présentoir en verre qui se fracasse au sol après avoir heurté un chariot qui avance vers un des panneaux d'exposition. Tous ces panneaux se prennent soudainement pour des dominos et tombent les uns sur les autres. Ça crie dans les escaliers lorsqu'une des boules décide d'aller faire un tour en bas.

C'est la pagaille totale!

# VISITE RAPIDE

Le garde est affolé devant ce spectacle, mais pas autant que Paul qui me soulève et m'emporte sous son bras en sautant par-dessus la rampe avant de détaler vers le fond de la salle. Après quelques détours, un groupe organisé est rassemblé devant nous. Paul me pose par terre et se baisse.

— Mêle-toi à la foule en longeant les murs. On se retrouve de l'autre côté.

Le groupe s'est arrêté devant une large vitrine protégée par une grille en métal. Ça pousse de partout. Je n'ai pas le choix et dois suivre le mouvement vers la grande vitre. Ça prend un moment avant que j'aperçoive ce qui attire tout le monde. Ce sont des tas de bijoux et une couronne couverte de pierres précieuses : la couronne d'un roi, un vrai !

Paul m'appelle, mais je ne le vois pas. Je me dirige vers sa voix. Le problème est qu'il y a tant de monde, ici, que je ne peux pas passer. Après avoir écrabouillé les orteils d'une dizaine de personnes, je rencontre enfin mon compagnon qui m'entraîne vers l'autre bout du musée. C'est une chance parce que j'aperçois le garde qui nous cherche dans le groupe.

Nous rebroussons chemin devant un corridor fermé par des policiers avant d'emprunter quelques escaliers. J'ai même passé bien près d'envoyer dans les marches un monsieur en fauteuil roulant que je n'avais pas vu. Heureusement que Paul était là. Il l'a rattrapé juste avant qu'il ne se pense dans des montagnes russes !

Je crois que nous avons perdu le garde... Ou bien c'est nous qui sommes perdus. En tout cas, ici, il n'y a à peu près personne à part les statues et les personnages des tableaux. De très beaux tableaux !

Je marche lentement. Je prends le temps de tout contempler. Certains sont tellement beaux qu'on dirait des photos. Par contre, je dois vous avouer qu'après une vingtaine, ça commence à être monotone !

Paul pose sa main sur mes yeux et me force à avancer rapidement.

— Qu'est-ce que tu fais là ?

— Ces toiles-ci ne sont... pas pour toi.

— Comment ça ?

— Ce n'est pas tellement intéressant...

— Alors, pourquoi me bouches-tu la vue ?

— Pour... Je ne sais pas.

Il me lâche enfin. J'aimerais bien revenir sur ce que j'ai manqué, mais il me tourne toujours la tête vers l'avant.

— La sortie est par là !

— C'est pas juste !

— Tu n'as pas à voir des bonnes femmes toutes nues à ton âge !

Ah... c'était donc ça... Il n'est peut-être pas si *cool*, après tout.

Un peu plus loin, les personnages des peintures et des statues n'ont plus beaucoup de vêtements. Je m'attends à ce que Paul remette sa grosse patte sur ma figure, d'une seconde à l'autre. Je lève la tête vers lui. Il hausse les épaules. Je crois qu'il a abandonné, mais il m'épie de temps à autres en souriant comme toujours.

— Arrêtez ! ordonne une voix à l'autre bout du long corridor.

Le garde nous a retrouvés !

Je cours vers l'escalier où il est écrit *Sortie.* Paul me rejoint rapidement. Nous courons à l'extérieur vers un groupe de touristes qui prennent des photos partout.

# DES SECRETS...

Le garde sort. Je ne sais pas où est Paul, mais moi, je suis bien dissimulé derrière deux hommes qui photographient la pyramide sous tous ses angles. Le garde cherche un moment avant de retourner à l'intérieur.

—Ne traînons pas ici, me fait sursauter mon grand copain qui devait être caché derrière moi.

Nous marchons rapidement en direction d'une grosse pierre sculptée avec un trou dans le milieu et des chevaux sur le dessus. C'est superbe !

—Je ne crois pas que ta mère aurait apprécié de venir nous chercher au commissariat de police.

—Pas vraiment... Elle a piqué une de ces crises, l'an passé.

Paul est tout surpris.

— Tu... Tu t'es déjà ramassé en prison?

— Ouais...

Ça y est. Je suis certain qu'il doit penser que je suis un criminel.

— Avec Hector? s'étonne-t-il, sur le point d'éclater de rire.

— Non, j'avais décidé de faire une balade tout seul.

— Et tu t'es fait arrêter pour ça?

— Ben non!

— Alors?

— Laisse faire. C'était à la tour de Pise... Une longue histoire!

— Tu ne veux pas me la raconter?

— Pas vraiment.

Si je fais ça, il ne voudra plus rester avec moi !

Après avoir traversé de beaux jardins et vu un obélisque, — une espèce d'aiguille de pierre égyptienne pointant vers le ciel au milieu d'un parc — , nous décidons d'aller prendre un rafraîchissement dans un restaurant que Paul connaît. Je me demande encore comment il a connu maman. Je lui pose la question.

— Ce n'est pas aussi facile à répondre que tu penses, Tommy. Disons que c'est une longue histoire, ça aussi.

— J'ai l'impression que je ne le saurai jamais...

— Je ne parierais pas là-dessus !

Bizarre commentaire...

# LA PEINTURE DE GRAND-MAMAN

Chemin faisant, nous rencontrons un marchand ambulant qui vend toutes sortes de choses dont des peintures. L'une d'elles accroche mon regard.

— La peinture de grand-mère !

J'examine l'étiquette : 300 F. Je pointe le chiffre au vendeur.

— Ça veut dire quoi, ça ?

— Que cette œuvre admirable ne coûte que trois cents francs.

— À peu près 85 $ canadiens, traduit Paul.

— C'est trop cher ! Grand-mère a payé 40 $ pour une peinture identique.

— Deux cents francs, calcule à nouveau Paul, pour le monsieur cette fois.

Le vendeur jette un œil à sa toile.

— Je vous la laisse à 250.

— Cinquante... m'informe le traducteur de chiffres.

— Trop cher! Je ne veux pas payer plus de 40 $!

— Deux cents, max! annonce un Paul qui a hâte de changer de métier.

Le monsieur abandonne. Mon accompagnateur soupire.

— Je vais te la faire à 200... Je me sens généreux, aujourd'hui.

— Pourquoi veux-tu acheter cette toile? me demande Paul.

— Pour remplacer celle que j'ai fait brûler dans le four de grand-mère. C'est une longue histoire... Pourrais-tu me prêter l'argent? Maman va te rembourser à l'hôtel.

Je ne crois pas que Paul ait compris, mais c'est pas grave.

—Je la voyais venir, celle-là...

Paul paie avec sa carte de crédit tandis que je contourne le chariot. De l'autre côté, s'étale un véritable trésor.

—Des billes! Des billes de toutes les couleurs!

Paul me rejoint en courant.

—Je fais une collection de billes, Paul. Est-ce que je peux en prendre quelques-unes?

Un éclair passe dans ses yeux.

—Moi aussi, j'avais une collection de billes, à ton âge.

Il sourit plus que normal.

—Choisis-en une dizaine.

Le vendeur nous remet un sac.

Nous repartons vers le resto. C'est moi qui transporte la peinture toute emballée parce que Paul ne veut pas que je transporte le sac de billes. De toute façon, il est aussi lourd que la peinture parce que Paul ne pouvait décider lesquelles il voulait. Il a donc acheté toutes les billes du marchand. Il y en a environ mille et pas deux identiques!

Je ne lui ai pas dit, mais je suis certain qu'il les a achetées pour lui... Pas pour moi.

Si ça l'amuse...

Nous prenons place à une table en face d'un restaurant. Paul commande deux limonades et un morceau de gâteau pour moi. Des pigeons volent partout. Le serveur apporte notre commande. Paul installe confortablement ses grandes jambes sous la table, ce qui fait qu'il n'y a plus de place pour les miennes.

— Comment as-tu trouvé ta visite au musée?

— C'était bien... À part les momies!

— Et la statue?

— Laquelle? Il y en avait des tas!

# GAFFES, GLISSADES ET DÉGÂTS

Le monsieur de l'autre table donne à manger aux pigeons en leur lançant du pain. Je veux nourrir les pigeons, moi aussi. J'enlève un petit morceau de mon gâteau et le lance aux pigeons, à mon tour, mais j'accroche mon verre de limonade rempli de glaçons qui tombe sur celui de Paul. Ils se ramassent tous les deux en bas de la table sur la chemise et le pantalon de mon ami qui se lève d'un coup sec. Sa chaise va cogner sur celle de la dame, derrière, qui prenait à ce moment une bouchée de son énorme feuilleté qu'elle s'étend dans la figure.

— Oups...

— Pas encore ! explose Paul dans ses vêtements dégoulinants.

Je me tords de rire lorsque la dame décolle la pâtisserie écrasée dans son visage. Elle est pleine de crème, du nez au menton. Elle jette le feuilleté effeuillé au sol avec rage en fixant Paul d'un regard menaçant.

— Faites attention! lui hurle-t-elle par la tête.

— Désolé, mademoiselle. C'est un accident... Je vais vous en payer un autre.

Il se tourne vers moi :

— Ne bouge pas de là tant que je ne reviendrai pas des toilettes!

Où veut-il bien que j'aille?

Paul parle à un serveur avant de disparaître à l'intérieur. Le serveur apporte deux limonades et un feuilleté pour madame avant de constater les dégâts par terre.

— C'est chic. Tu remercieras ton père, commente la dame.

— C'est pas mon père.

Mais j'aimerais qu'il le soit !

Ouais, mais ce n'est pas correct que la dame pense que c'est Paul qui a causé le dégât.

— C'est moi qui ai fait tomber les verres, madame.

Attention aux oreilles...

— Les accidents arrivent, mon garçon. C'est oublié.

Elle a été beaucoup plus gentille avec moi qu'avec le grand.

Une moto stoppe devant la porte menant à la terrasse où nous sommes. Un monsieur, assis à une table près du fond, se lève et marche rapidement vers la moto avec une toile emballée sous le bras, mais il glisse sur les glaçons et le feuilleté au sol. Il tente d'empêcher sa chute en se retenant au dossier de la chaise de la dame qui allait croquer son nouveau feuilleté. Il s'étale sur le dos dans un bruit sourd lorsqu'il lâche la chaise qui se redresse d'un coup sec, recouvrant encore de crème le visage de la dame. Le pauvre monsieur tente de se relever en se servant de ma chaise. Je bascule presque à terre, mais je me retiens à la table qui penche et ma limonade tombe en pleine figure du monsieur. Il n'est pas encore debout que la dame en furie lui écrase sa pâtisserie au visage.

— Deux fois, c'est trop ! rage-t-elle en se levant pour sortir en s'essuyant le visage, bien tartiné, cette fois-ci. C'est un complot ou quoi ?

L'homme se relève en vitesse et va s'asseoir sur la moto avec...

Minute !

—Hé! c'est mon tableau!

La moto démarre sans que j'aie le temps de les arrêter.

—Votre toile est sous la table, monsieur, m'informe le serveur qui nettoie les dégâts, en retard.

Il me semble que le carton renfermant mon tableau n'est pas de la même couleur... Faut dire qu'il est plein de limonade.

Le serveur essuie l'emballage de mon tableau avant de le déposer sur la chaise de Paul qu'il avait déjà nettoyée. L'homme qui nourrissait les pigeons se tord encore de rire au moment où Paul s'amène.

—Tu as déjà terminé ta limonade?

—Je l'ai répandue...

Il lève les yeux au ciel avant de me tendre son rafraîchissement. Nous partageons le gâteau et la boisson. Paul jette un œil à sa montre.

— On a encore du temps. Veux-tu faire un tour de bateau?

— Génial!

C'est pas avec Hector qu'on aurait fait ça. Il est *cool* au max, ce grand-là!

Paul demande des renseignements au serveur qui nous recommande le bateau d'un de ses amis.

# UN HOMME À LA MER !

Après une autre promenade en taxi, presque aussi folle que la première, nous montons à bord d'un vieux bateau rempli de monde. C'est comique parce que presque personne ne parle la même langue, ici. Le capitaine lève l'ancre. Il nous explique par les haut-parleurs que tel immeuble servait à ceci, tel autre à cela... Il nomme tous les ponts, donne les dates de leur construction...

C'est pas très amusant. Je crois que Paul s'ennuie autant que moi : il a les coudes sur le bastingage et contemple l'eau qui tourbillonne à la poupe du bateau. Je me promène. Un gars de mon âge, qui parle très bizarrement, joue seul avec un ballon de soccer au milieu du grand espace libre en avant de la cabine, vu que tout le monde est près du bastingage. Par signes, il comprend que je veux jouer avec lui. Bientôt, nous sommes quatre. Il y en a un plus grand que les autres qui joue super bien... Et super fort !

Je vais lui montrer que je peux être aussi fort que lui, moi. Je lui retourne le ballon en le frappant de toutes mes forces... Mais le ballon ne va pas où je veux. Il passe à côté du grand gars pour aller heurter le bastingage, justement sur le machin qui fait ouvrir la porte par où on est entré sur le bateau. Un seul petit problème : un monsieur y était accoudé.

Il disparaît.

— Oups...

— Un homme à la mer !

Paul me rejoint. À son regard, je suis certain qu'il a tout vu.

— Tu es vraiment le roi de la gaffe !

Je le savais...

— J'ai pas fait exprès !

Tous les passagers se précipitent de ce côté du bateau : le spectacle y est plus excitant. Un employé arrive en courant tenant une bouée de sauvetage, mais le monsieur est déjà repêché par une petite barque qui nous suivait depuis un moment. Ils s'éloignent. Mais...

Je connais le type de la barque, moi !

— Hé, Paul, c'est le gars du resto !

— Quel gars ?

— Celui qui a glissé, voyons... C'est vrai, t'étais pas là.

— Tous les Français se ressemblent, Tommy. Retournons à notre place. Cette fois, tu demeures à côté de moi !

Le sac de billes indique notre place, mais il manque quelque chose.

— Où est le tableau de grand-mère ?

Paul cherche partout. Il se tourne vers l'endroit où nous étions, tout à l'heure.

— Il est là ! J'ai dû l'apporter avec moi...

Pourtant, il ne me semble pas qu'il l'avait. Je cours vers mon tableau tout proche de la porte. Quelque chose ne tourne pas rond, vraiment pas rond !

— Dis, Paul, nous n'étions pas là, tout à l'heure. Nous étions plus à droite.

Paul hausse les épaules alors que le guide reprend ses renseignements.

— Je croyais que ce serait amusant de faire une promenade en bateau...

— Moi aussi, soupire Paul. Je te jure que ce n'est pas une de mes meilleures idées... C'est plutôt ennuyeux !

Au moins, ça prouve qu'on a les mêmes goûts, lui et moi.

# LA MOTO

L'excursion se termine rapidement. Les passagers s'élancent vers la sortie. Je crois qu'on a tous hâte de faire quelque chose de plus intéressant.

— Nous devons retourner à l'hôtel, affirme Paul, en consultant sa montre.

Des taxis stationnent devant nous. Je commence à trouver le tableau lourd sans compter que j'ai super envie.

— Il faut que j'aille aux toilettes, Paul.

— Tu iras à l'hôtel.

— Je ne me rendrai pas!

Il y a un restaurant en face. Nous traversons la rue. Tout à coup, j'entends un bruit de moto derrière. Je me fais soulever de terre par mon chandail au moment où la moto passe tout près de nous.

— Faites attention! hurle Paul au chauffard qui a un bras étendu tandis qu'il continue sa route et que je me balance à plus d'un mètre du sol au bout du bras de mon accompagnateur.

— Paul, je crois que c'est la même moto qu'au resto où j'ai renversé les limonades.

— Quelle moto?

— C'est vrai... T'étais pas là, mais j'en suis presque certain.

Le grand Paul regarde derrière, vers le quai. Je me demande à quoi il pense... J'espère que c'est à me remettre à terre parce que je commence à savoir ce que ressent un chandail accroché à une corde à linge, moi!

Il me dépose enfin.

Nous prenons un taxi après ma visite éclair au resto. Je sens Paul nerveux. Il épie souvent derrière, du coin de l'œil. Je crois qu'il pense que maman nous surveille. Il a peut-être peur d'avoir échoué le test qu'elle lui fait passer. J'aime mieux le rassurer.

— J'ai passé un bel après-midi, Paul.

— Tu trouves ?

Il jette un œil derrière.

— Moi, j'ai trouvé que c'était plutôt moche... Jusqu'à maintenant ! Chauffeur, prenez à droite.

Pourquoi demande-t-il au chauffeur de changer de route ?

Il connaît peut-être un raccourci... Ou est-ce que ça aurait rapport avec ce qu'il y a derrière ?

Je veux me retourner, mais il me garde la tête vers l'avant.

— Ne mettez pas votre clignotant et tournez à la prochaine petite rue à gauche. Tiens-toi bien, Tommy !

Je m'accroche à la poignée de porte alors que l'on tourne rapidement.

— Freinez à fond ! hurle le grand.

L'auto stoppe net. Derrière, des poubelles se font frapper. Une moto est renversée sur le côté avec un, non, deux bonshommes dans les ordures.

— Accélérez ! ordonne Paul au chauffeur.

Nous quittons rapidement cette ruelle et retournons dans la circulation.

— Vous avez des problèmes ? s'inquiète le chauffeur en klaxonnant.

— Plus maintenant, réplique mon grand ami avec un sourire taquin.

J'ai un peu peur.

— C'était qui, Paul?

— Dis plutôt: « Qui était-ce? », Tommy... Et je ne sais pas qui c'était.

— Alors, pourquoi t'as fait ça?

Il ne répond pas. J'aimerais savoir pourquoi, mais voici l'hôtel. Nous attendons longtemps l'ascenseur. Je lui pose de nouveau la question lorsque nous montons.

— C'était la moto qui a failli t'écraser, au port. Je lui ai remis son coup.

— Pourquoi est-ce qu'il nous suivait?

— Pourquoi nous suivait-il?... Je n'en ai aucune idée!

Il m'examine de haut en bas.

— Nous avons juste le temps de nous laver et de nous changer avant que ta mère arrive. Je préférerais qu'elle nous trouve un peu plus présentables.

Il y a quelque chose qu'il faut que je sache.

— Tu tiens vraiment à demeurer avec moi ?

— « Tiens-tu ?... » Évidemment !

Super !... Mais j'ai hâte qu'il cesse de reprendre mon français !

# LA JOCONDE

Dans la chambre, avec salon comme toujours, le téléviseur est allumé. Maman le laisse tout le temps ainsi. Elle dit que ça éloigne les voleurs.

— Va te débarbouiller le premier, recommande Paul qui s'assoit sur le fauteuil en face du téléviseur qui diffuse les informations.

J'apporte le tableau avec moi et le déballe sur le lit pour le montrer à maman.

Hein ?

Ce n'est pas ma peinture !

C'est une drôle de bonne femme qui sourit. Je l'ai déjà vue quelque part, elle...

Faut que j'en parle à Paul.

— Tommy ! Tommy ! Où est ta toile ? s'énerve mon accompagnateur qui s'amène en courant.

Ses yeux deviennent très grands.

— La Joconde !...

— Quelqu'un m'a refilé cette bonne femme toute craquée... Je veux la peinture de grand-mère, moi !

Paul demeure silencieux un long moment. Il n'a pas l'air de trouver cette situation très drôle... Moi non plus.

— Ce tableau est le plus célèbre du monde, Tommy... Et il a été volé cette nuit !

Je ne vois pas pourquoi cette toile est si célèbre. Ce n'est qu'une bonne femme qui sourit. Il n'y a rien de spécial, là.

— Oh ! Il ne faut pas que ta mère trouve cette toile ici ! s'étouffe presque le grand, tout à coup nerveux comme un maringouin. On va tout de suite aller la porter à la police.

Il remet la supposée œuvre d'art dans son emballage et me prend la main en sortant de la chambre. On s'installe devant la porte de l'ascenseur.

Mais j'y pense...

— Est-ce que ce serait les voleurs de cette peinture qui nous suivaient?

— Fort probable!

Je ferais un bon détective!

Les deux ascenseurs arrivent en même temps. Paul entre le premier.

— Ce sont eux! crie une voix venant de l'autre ascenseur.

— Les voleurs!

Paul me tire à l'intérieur et presse des boutons en me cachant derrière lui. Les portes se referment tout de suite. J'ai eu peur lorsque j'ai vu les mains d'un des voleurs qui voulait empêcher la porte de se refermer.

— Ouf! soupire Paul qui sourit. Grimpe sur mon dos.

Il se baisse et me passe la peinture après que je me sois installé.

— Accroche-toi bien. On va enfin s'amuser un peu, aujourd'hui!

Nous approchons du rez-de-chaussée.

— Ne me lâche surtout pas!

Aussitôt les portes ouvertes, il détale vers la sortie où il y a une porte pivotante. J'aperçois les voleurs qui sortent de la cage de l'escalier. Ils sont tout essoufflés. Cette chevauchée à dos de Paul est en effet très drôle... Sans compter qu'il court super vite avec ses grandes pattes.

— Hue, mon cheval !

Nous traversons un carrefour où il y a beaucoup de circulation. Sans nous arrêter, nous zigzaguons entre les voitures qui nous saluent de leur klaxon. Mon cheval à deux pattes quitte le trottoir où il y avait trop de monde et court maintenant dans la rue.

— Enfin, le commissariat ! pouffe Paul qui se dirige de l'autre côté, au beau milieu des autos.

Une moto, derrière...

— Ahhh ! Les revoilà !

Paul se retourne avant d'arrêter net pour faire face à la moto qui fonce sur nous.

— Attention ! hurle quelqu'un, sur le trottoir.

— Tiens-toi bien! m'ordonne Paul qui évite la moto comme un toréador tout en allongeant le bras.

Je sens un choc. La moto glisse sur le côté et ses occupants roulent sur l'asphalte.

— Super!

Il est courageux, ce Paul-là!

J'aurais jamais fait ça, moi!

## COMME UN VOLEUR...

Des policiers s'amènent en courant.

— J'ai tout vu ! Vous avez intentionnellement fait chuter la moto ! affirme un de ceux-ci.

Paul est essoufflé et prend son temps pour répondre.

— Je crois que ce sont... les voleurs de la Joconde ! réplique-t-il en allongeant le bras en direction de la moto.

Il me dépose au sol.

— Montre-leur la toile, Tommy.

Je sors la peinture de l'emballage de carton. Des oh et des ah proviennent du trottoir et des policiers. Un homme en complet cravate court vers nous.

— Arrêtez-les !

Paul est furieux.

— Mais non ! ce sont eux, les voleurs... Pas nous ! se défend mon accompagnateur en pointant les gars de la moto qui se battent en se traitant d'idiot et d'autres choses pas très jolies.

— Arrêtez-les, eux aussi !

Nous voici au commissariat... Comme des voleurs !

On nous assoit devant un bureau où brûle un long cigare dans le cendrier. Le pire, c'est que toute la fumée semble venir vers moi. Ça pue terriblement !

Il y a plein de monde, derrière. Ce sont tous des policiers. Je profite du moment où ils admirent le tableau retrouvé pour mettre le cigare à la poubelle devant un policier qui semble ravi de cela. Paul commence à s'impatienter. Le gros monsieur derrière le bureau s'occupe enfin de nous:

— Bon, depuis quand avez-vous la Joconde en votre possession?

— Je ne sais pas... Le début de l'après-midi, je crois, tente Paul.

— Vous n'êtes pas certain?

Moi, je le suis!

— Je crois que c'est quand le gars est tombé, au resto.

Je leur explique ce qui s'est passé. Un policier entre à ce moment.

— C'est la même moto et les mêmes gants, monsieur l'inspecteur.

Il donne nos passeports au grassouillet, en plus d'une feuille.

— Ça va vous intéresser...

L'inspecteur consulte le papier. Un autre entre.

— Les gars de l'autre côté viennent de tout avouer.

Paul se penche sur le bureau.

— J'aimerais avoir une conversation seul à seul avec vous.

Le gros monsieur jette un autre coup d'œil à la feuille.

— Laissez-nous, ordonne-t-il à tous, en nous faisant signe de sortir.

Un gentil monsieur me donne un croissant et un verre de lait. Paul me rejoint rapidement, un peu trop, même... J'ai pas fini et j'ai encore faim.

Il attend que j'aie terminé en bavardant avec le policier qui s'occupait de moi. Tout à coup, le gros monsieur sort en courant de son bureau avec une poubelle en flamme dans les mains. Un policier arrache un extincteur du mur et le vide sur le brasier. Le gros monsieur, plein de mousse blanche de la tête aux pieds, tousse en traitant le policier d'imbécile. Il lui lance la poubelle, mais le policier a été plus rapide et s'est baissé. La poubelle rebondit sur la colonne derrière et revient vers le gros monsieur qui a maintenant la poitrine tapissée de papiers qui se sont collés à la mousse le recouvrant. Plus personne ne parle dans le commissariat. On n'entend plus que le grognement du monsieur moussu lorsqu'il ramasse quelque chose sur son ventre avant de lever le bras en l'air :

— Qui a jeté mon cigare dans la corbeille à papier ?

— Oups...

Paul se tourne vers moi. Il éclate de rire en même temps que le policier qui m'a vu.

— Ne traînons pas ici, propose Paul au moment où le chef s'amène.

C'est une bonne idée...

## OUPS... VOICI MAMAN!

Nous attendons l'ascenseur. Paul se parle tout seul depuis un moment.

— Qu'est-ce qu'il y a, Paul?

— Tu devrais dire : « Qu'y a-t-il » au lieu de : « Qu'est-ce qu'il y a », Tommy...

Il commence à m'agacer avec ça, lui.

— J'ai simplement constaté que les journées ne sont pas banales avec toi...

— Qu'est-ce que ça veut dire banale?

— Ennuyeux, moche...

— Et qu'est-ce qui s'est passé de pas banal, aujourd'hui? nous surprend une femme, derrière.

— Maman !

Elle inspecte sa montre au moment où les portes s'ouvrent.

— Au moins, vous êtes à l'heure ! Raconte-moi ta journée, mon chéri.

— On a commencé par aller dans une grande baraque remplie de momies, de statues dégueulasses et de femmes toutes nues.

Maman pivote vivement vers mon accompagnateur. Elle rage :

— Paul ! Où as-tu été traîner avec Tommy ?

— Au Louvre...

Maman secoue la tête.

— J'ai même dû lui boucher la vue à un certain endroit.

— Ouais! Il ne voulait pas que je regarde les tableaux.

— À part ça? m'interroge à nouveau maman.

— On a fait une balade en bateau... C'était moche.

— Visite guidée sur la Seine. J'ai trouvé ça très instructif, mais il a raison lorsqu'il dit que c'était plutôt ennuyeux par moment.

— Et c'est tout?

Paul est plus rapide que moi.

— Nous sommes revenus à l'hôtel. Comme il était encore tôt, nous avons été faire un peu de lèche-vitrines.

Il n'a léché qu'une seule vitrine... quand je l'ai fait trébucher dedans en revenant du commissariat. Il est un peu menteur, mais c'est peut-être mieux ainsi si je veux le garder. De toutes façons, il ne s'est pas passé grand-chose d'important... Même si c'était assez amusant par moments !

Maman demeure silencieuse jusqu'à ce qu'elle ouvre la porte de la chambre. Elle s'arrête devant le téléviseur qu'elle éteint.

— Tu m'as surprise, Paul. Je m'attendais à ce que tu ailles... AHHHH ! hurle-t-elle tout d'un coup.

— Qu'est-ce qu'il y a, maman ?

Elle pointe l'énorme sac de billes sur la table.

— Des billes... Tu lui as acheté des billes !

— C'est interdit ? demande Paul en haussant les épaules.

Maman s'approche de mon grand copain. Elle l'empoigne par le col de sa chemise :

— Mettre des billes dans les mains de Tommy est dangereux, Paul... Très dangereux ! Tu ne peux imaginer les gaffes qu'il peut faire avec ça !

— Je ne crois pas qu'il ait besoin de ça...

Les adultes se sourient. Ils ont l'air de trouver ça drôle... Pas moi !

— Maman ! Paul ! C'est pas gentil, ce que vous venez de dire là !

— Pas gentil ? Te rappelles-tu Washington, l'an passé ? explose ma mère.

Oh... Washington... Les billes dans l'escalier... Le bal... Le président des États-Unis !

— Que s'est-il passé à Washington, l'an passé ? intervient le grand.

Maman hoche la tête.

— C'est une très longue et pénible histoire... C'était tout de même drôle. Allons, on refait les valises. On décolle pour le Mexique dans moins de deux heures.

Minute !

— T'avais dit qu'on passerait deux jours ensemble !

— C'est vrai, aussi. On va aller les passer sur une plage !

— Super ! Avec Paul ?

Maman hésite longuement.

Dis oui, dis oui, dis oui !

— Euh... Peut-être...

C'est assez proche !

Je saute dans les bras de ma mère.

— Merci, maman adorée !

— J'ai pas dit oui...

Je mets mon masque du pitou le plus piteux du monde.

— S'il te plaît, pas Hector... Jamais plus Hector !

— Ouais... Mais à la première gaffe, Hector revient. Compris ?

# LIVRAISON SPÉCIALE

J'embrasse maman tandis qu'on cogne à la porte. Paul va ouvrir. C'est un policier. Il lui remet un carton contenant un tableau.

— Merci, dit Paul avant de refermer la porte au nez de l'agent.

Maman s'avance. Paul le déballe.

— La toile de ma mère que Tommy a passée au four! Ce n'est pas croyable... Elle est identique!

— J'allais oublier: maman, tu dois 40 $ à Paul.

— Quelqu'un peut-il m'expliquer ce qu'une toile faisait dans un four?

— Une autre longue histoire... répond maman dont les yeux vont tour à tour de la porte à la toile, à Paul et à moi.

Elle désigne la porte.

— Pourquoi est-ce un policier qui l'a livrée?

Paul prend une grande respiration en baissant la tête.

Il n'y a pas de raison qu'il prenne cet air-là... Il y a toujours moyen de s'en tirer.

— Laisse, maman... C'est une longue histoire!

# TABLE DES MATIÈRES

# AUX ÉDITIONS DE LA PAIX

125, rue Lussier
Saint-Alphonse-de-Granby
(Québec) J0E 2A0

Téléphone et télécopieur (514) 375-4765
Courriel **editpaix@total.net**
Visitez notre catalogue électronique
**www.netgraphe.qc.ca/editpaix**

Louis Desmarais
**Tommy Laventurier**
**Le Bateau hanté**
**Indiana Tommy**
**L'Étrange Amie de Julie**


COLLECTION PETITE ÉCOLE AMUSANTE


Charles-É. Jean
**Remue-méninges**
**Drôles d'énigmes**


Robert Larin
**Petits problèmes amusants**


Virginie Millière
**Les recettes de ma GRAM-MAIRE**